드림

행복을 물고 온 강아지 ❷

행복을 물고 온 강아지

고진미 지음 권세혁 그림

애기야!
그곳에서도 잘 뛰어 놀고 있지?
친구들은 많이 사귀었어?
친구들에게 까칠하게 굴지 말고
정겨웁게 지내야 한다.
즐겁고 행복하게 지내고 가끔은
엄마 생각하며 내려다보면 좋겠다.
우리 다음에도 가족으로 만나자.

첫 번째.

엄마는 사기꾼

외출했을 때에는 없었던 헝겊가방을 메고

아빠, 엄마가 집에 오셨습니다.

와르르 왈왈 와르르 왈왈 (얌전히 집 지키고 있었어요.)

와르르 왈왈 와르르 왈왈 (까까 주세요. 까까!)

반가움에 천장을 뚫고 나갈 기세로 뛰어 올랐습니다만

엄마의 표정은 웬일인지 싸늘했고

아빠는 쩔쩔매고 있었습니다.

"아까는 잘 키우겠다고 해놓고 왜 그러는데?"
아빠가 의논 없이 혼자 결정한 것이어서
못 키우겠다고 하면 남편체면이 뭐가 되느냐,
그래서 그분들한테 잘 키우겠다고 한 것이라고
엄마가 소리쳤고
아빠는 사람들 앞에서는 나긋한 목소리로
잘 키울 테니 걱정 마시라고 해놓고
집에 와서 폭군으로 돌변하는 것은
사람들에게 사기 치는 것이라고 했습니다.
엄마가 소리 지르는 모습을 동영상으로 촬영해
사기죄로 고발한다고 했습니다.
아빠의 그 한마디에
엄마는 허리를 꺾어가며 웃기 시작하더니
나중에는 눈물을 흘려가며 웃었습니다.
"자기가… 크크큭 다 키워… 우하하핫"
"알았어. 내가 다 키울게"

누나가 결혼한 후
엄마가 적적해하지 않을까 걱정했었는데
내 덕분에 쓸쓸해하지 않고 즐겁게 지내기에
강아지가 와글와글 거리면 더 좋아할 것 같아,
애써서 겨우 두 마리를 데려 왔더니
그런 아빠의 깊은 마음을 엄마가 몰라준다고 했습니다.
엄마는 화들짝 놀라며
"어이쿠! 겨우 두 마리?"
아빠의 마음이 조금만 더 깊었으면 큰일 날 뻔 했다고
머리를 절레절레 흔들었습니다.
이제는 강아지들이 사는 집에 사람이 얹혀살게 됐다면서
아빠, 엄마와 강아지 세 마리하고 줄다리기를 하면
사람이 한 명 부족해서 우리들에게 질 것이라고 하였습니다.

두 번째.

까만 털 뭉치 두 개

"동생들이야 귀엽지?"
형겊가방에서 까만 털 뭉치 두 개를 꺼냈습니다.
왈왈왈왈 왈왈왈왈 (장난감 선물은 너무 좋아요.)
코를 갖다 대려는데
까만 것들이 꿈틀꿈틀 움직였습니다.
난 깜짝 놀라 소파위로 펄쩍 뛰어 올라가
앞발 하나는 내릴 생각도 못하고 그것들을
내려다보았습니다.
워어우 웡웡 워어우 웡웡 (뭐야? 뭐지? 뭐냐?)

새까만 것들이
꼬공 꼬공 이상한 소리를 내며 쫓아다녀서
구석구석으로 도망 다녔더니
엄마는 동생들이 뭐가 무섭냐며
내 품에 안겨 주었습니다.
뭉클거리고 코가 간지러워지는
이상한 감촉이었습니다.
그럼에도 나를 붙잡고 사이좋게 지내야 한다고
그것들을 눈앞에 들이대며 괴롭혀서
도망 다니지 않을 수가 없었습니다.

그런 상황이 계속되자,

밥을 먹거나 화장실 갈 때를 제외하곤

아예 침대 밑에서 숨어 지내고 있었습니다.

어느 날, 곤히 자고 있는데

고것들이 침대 밑으로 기어 들어와

내 몸에 닿기 일보직전이었습니다.

구석인지라 더는 도망갈 곳이 없어

놀란 눈만 점점 커져가고 있는데

꼬물꼬물

내 배 밑으로 파고 들어와

쌔근쌔근 잠을 자는 것이었습니다.

난 빳빳하게 굳은 몸으로

이러지도 저러지도 못한 채

겨우 숨만 쉬고 있을 뿐이었습니다.

'아빠, 엄마는 이것들을 왜 데려온 거야?'

세 번째.

얼레리 꼴레리

며칠은
요 녀석들이 내 곁에 다가오기만 해도
자지러지게 놀랐었는데
지금은 묘하게도
움직임 없이 콜콜 자고 있으면
오히려 내 쪽에서 깨워 보곤 합니다.
툭툭 건드려서 꿈틀꿈틀 움직이면
'으음! 아프지는 않군.'
안심이 되곤 했습니다.

그도 그럴 것이 동생들이

아빠, 엄마를 찾는 것이 아니라

눈을 감고 있을 때나 뜨고 있을 때나

뭐에 끌리듯 내 곁에 붙어 있으려고 하기 때문입니다.

내가 소파위에서 쉬고 있으면

빽빽 울면서 위태로운 걸음걸이로 나를 찾곤 했습니다.

후다닥 내려가

'옹냐! 옹냐! 나 여기 있다.'라고 하면

내 등이나 배, 혹은 턱밑에 누워 잠들곤 했습니다.

끼요오옹 끼요오옹 (귀여운 것들!)

사랑스럽기도 했지만
귀찮을 때가 더 많았습니다.
내가 움직일 때마다
한 녀석은 내 꼬리에 매달리고
한 녀석은 옆구리 털에 매달려서 다니기 때문에
화장실 갈 때도 셋이 같이 들어가야 합니다.

밥을 먹고 있을 때에도
입속으로 머리를 들이 밀고
내가 씹어 먹던 것을 핥아 먹어서
입을 다물면 내 이에 다칠까봐
쩌억 벌리고 있어야 하는
우스꽝스런 일이 종종 벌어지곤 하였습니다.

잠시라도 방심하고 누워있으면
내 젖꼭지를 쪽쪽 소리를 내며 빨아 먹는 통에
이 민망한 광경을 누가 볼까봐
먼지 털어내듯 온 몸을 탈탈 흔들어
그 녀석들을 떼어내고는 했습니다.
그럴 때마다
사내 녀석이 졸지에 여자가 됐다고
엄마가 나를 놀려대며 노래를 부릅니다.
"얼레리꼴레리, 얼레리꼴레리"
크릉 크릉 크르릉 (놀리면 화낼 거예요.)

네 번째.

유모의 바쁜 나날들

"어머낫! 너 뭐하는 짓이야?"
엄마의 고함 소리에
입에 물고 있던 동생을 바닥에 툭 떨어트렸습니다.
와르르왈왈 와르르왈왈 (아유! 깜짝이야)
동생을 끌어안은 엄마는
내가 목을 물어뜯었다고 모함을 했습니다.
그런 사이에 동생은 참지 못하고
엄마 품에서 오줌을 싸고 말았습니다.
으르르르 으르르르 (그것 봐요, 오줌 쌌잖아요.)

요 녀석들이 밥을 먹은 후나 잠을 자고 일어나면

'큼큼' 소리를 내며

움찍움찍하면서 아무 곳에나 똥이나 오줌을 쌌습니다.

며칠 전부터

두 녀석이 똥, 오줌을 싸려고 하면

한 녀석씩 입에 물고 화장실에 놓고 오는데

그 사이에

다른 녀석이 참지 못하고 싸 놓을 때가 많았습니다.

그래서 후다닥 후다닥

바쁘게 왔다 갔다 해야 합니다.

동생들의 목을 물어뜯는다는 오해보다
내 잠자리를 더럽히는 것은 더욱 싫어서
한 녀석씩 입에 물어 화장실로 데려갔습니다.
마침, 양치질을 하고 있던 엄마가
똥, 오줌을 싸는 동생들을 보고
"오오옹! 이래서 애들이 화장실에서 쌌던 거구나"
똥, 오줌 마렵다고 말하는 동생들이나
말귀를 알아듣는 내가 신통하다고 어쩔 줄 몰라 합니다.
"신기하다, 신기해! 너한테는 오줌 마렵다고 말해?
동생들 말을 알아들을 수 있는 거야?"

사랑이 쏟아지는 눈으로 우리를 쳐다보던 엄마가
임신 중이라 힘들어하는 누나에게 전화를 걸어
각별히 몸조심하라고 한마디 하고는
우리들 얘기를 흥에 겨워 떠들었습니다.

으릉 으릉 으르르 (내가 요즘 잠도 제대로 못자고…)
으릉 으릉 으르르 (아빠가 키운다고 해 놓고…)

다섯 번째.

동생들을 훔쳐 갔나봐

엄마가 해주는 비빔국수가 먹고 싶다고
누나가 집에 왔습니다.
"요즘 유모 노릇하느라 힘들다며?"
왕왕왕 왕왕왕 (보고싶었어 누나!)
동생들 돌보느라 야윈 것 같다고
나에게도 육아 휴직을 줘야 한다고 했습니다.
"애기야! 엄마에게 보약지어 달라고 해"
와르르 왕왕 와르르 왕왕 (누나가 최고야.)

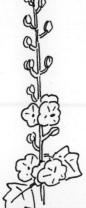

동생들이 잠든 사이에 누나와 오랜만에
공원으로 산책을 나갔습니다.
난 누나 곁에서 떨어지지 않으려
애쓰면서 걸어 다녔습니다.
공원에서 내 친구인 루비, 루시를 만났지만
신나게 뛰어 놀지 않고
누나 얼굴만 바라보며 행복해했습니다.

엄마는 집으로 돌아오는 길에 애견용품점에 들러

동생들 돌본 상으로

나에게 까까를 마음껏 고르라고 하였습니다.

조금의 망설임도 없이 고기 통조림을 덥석 물었더니

치즈에 닭고기를 돌돌 말아놓은 것을 들이밀며

그것이 더 맛있는 것이라고 우기기 시작했습니다.

와르르왁왁 와르르왁왁 (난 고기 통조림이 좋아.)

물고 있던 통조림을 단번에 내려놓고 엄마가 골라준

까까를 덥석 받아들이면

"어우 야아! 맥없이 내려놓으면 재미가 없잖아"

그래서 서너 번 정도는 고집을 피워

엄마를 즐겁게 해주곤 합니다.

"그으래? 넌 그것을 먹어. 난 요것을 먹어야지잉"

하지만 엄마가 먹지 않고 두 개 모두

내가 먹을 것임을 진작부터 알고 있었습니다.

"애기가 원하는 것을 사 주기로 했잖아요?"

나름 우리들이 즐겨하는

까까 놀이를 이해하지 못한 누나는 약속을 지키지 않았다고

엄마를 비난하며 고기 통조림을 여러 개 사주었습니다.

와르르 왈왈 와르르 왈왈 (누나가 제일 좋아.)

고기 통조림을 많이 사준

누나 다리에 매달리듯 걸어가는 나를 보면서

엄마는 통조림을 박스로 사주면

영혼도 팔아먹을 녀석이라고 투덜거렸습니다.

외톨이가 된 엄마는 집에 도착 할 때까지

"치잇!", "흥".

집으로 돌아와 안방을 들여다 본 엄마가
꼬맹이들이 없어졌다고 소리를 질렀습니다.
나갈 때 분명히 헝겊침대에서 자는 걸 봤는데
어디에도 없다고
주방으로 화장실로 찾으러 다녔습니다.
"침대 밑에도 보셨어요?"
그러나 거기에도 없었습니다.
걱정스런 얼굴로
집안 구석구석을 살피고 다녔지만
동생들은 흔적없이 사라지고 말았습니다.
"혹시 누가 훔쳐갔나?"

장난감을 담아 놓은 나무그릇 앞에서

왕왕왕왕 왕왕왕왕 (여기를 보세요.)

소파 밑을 들여다보던 엄마는

"이 상황에 장난감을 갖고 놀고 싶냐?"

동생들이 없어졌는데 철딱서니 없다고

화를 내기 시작했습니다.

난 네 발로 콩콩 뛰며

와르릉 왕왕 와르릉 왕왕 (여기에 있다니까요.)

내 목소리에 동생들도 잠에서 깨어났는지

공이랑 인형사이에서

기어 나오려고 안간힘들을 썼습니다.

"오잉! 너희들이 왜 거기에 있냐?"

"아유 귀여워! 장남감이랑 구별이 안 되네"

안방에서 거실까지는

주먹만한 동생들한테 꽤 먼 거리였는데

어떻게 그릇 속에 들어가 자고 있었는지

우리 모두 궁금해했습니다.

여섯 번째.

이렇게 쉬운 걸

유기견이였던 나와 가족이 되리라곤
꿈에도 생각해 본 적이 없었다는 엄마는
피부병으로 고생하고 있는 나를 치료해 주면서
사랑으로 키워줄 가족을 찾아보려고 했답니다.
그래서 이름도 지어주지 않고 '애기', '꼬맹이'라고 불렀는데
내 눈을 쳐다보면 나의 처지가 너무 가엾고 애처로워
도저히 다른 곳으로 보낼 수가 없었다고 하였습니다.
지금도 처음 병원에 데리고 갔던 날
내가 주사바늘을 목에 꽂은 채 울부짖으며
엄마에게 안기던 것을 생각하면 눈물이 난다고 했습니다.
나를 가족으로 받아들인 것은 현명한 생각이었으며
만약에 보냈다면 많이 후회했을 거라고 말하곤 했습니다.
신중하게 생각하여 근사한 이름을 지어준다고 전전긍긍하다
뒤늦게 이름을 정했지만
'애기'라고 부르는 것에 익숙해진 내가 알아듣질 못해서
계속 '애기'라고 불러야만 했다고 하였습니다.
나처럼 이름을 지어줘도 알아듣지 못하는 일이 없도록
동생들 이름은 빨리 지어야 한다고 했습니다.

엄마는 앞머리를 쥐어뜯으며

"아효! 무엇으로 하지?"

이번엔 뒷머리를 쥐어뜯으며

"아효! 어렵다 어려워"

이름을 짓기도 전에 엄마의 머리카락이 다 빠지겠다고

"애기야! 저러다 엄마가 대머리되겠다 핫핫핫"

웃음을 멈추지 못하는 아빠를 보고

나도 덩달아 네 발로 콩콩 뛰며 좋아했습니다.

와르릉왕왕 와르릉왕왕 (대머리는 즐거운 것이에요?)

'따악'

눈에서 불빛이 번쩍거렸고 난 비명을 질러댔습니다.

깨갱 깨갱 깨갱 (엄마가 나를 죽인다.)

"오못! 오모모못! 미안 미안해"

나와 아빠가 부화뇌동하여 놀리는 것 같아

장난으로 꿀밤을 살짝 때린다는 것이

빗나가서 세게 맞았다고 쩔쩔매며 미안하다고 했습니다.

"엄마가 아빠를 때릴 수 없으니 널 때린 거야 껄껄껄"

"아오! 미안해, 대신 너도 때려"

엄마는 내 앞발을 잡고 자기 머리를 때렸습니다.

아빠는 남자동생이 여동생보다 몇 분이라도
세상에 먼저 나왔으니 오빠라고 하면서
우리집에서는
내가 첫째,
남동생이 둘째니까 '두찌'
여동생은 막둥이니까 '둥이'라 부르면 될 것을
어렵게 생각한다고 자랑스럽게 말했습니다.
"오호라! 이렇게 쉬운 걸"
엄마는 좋다고 박수까지 치며
동생들 이름을 '두찌', '둥이'로 결정했습니다.
내 이름은 신중하게 지어야 한다고
온 가족이 시끄럽게 떠들어대기만 하더니
동생들 이름은 신중하지 않기로 했나 봅니다.

일곱 번째.

너희들은 내가 지킨다.

동생들 예방접종을 위해 동물병원에 도착했습니다.
의사선생님에게
우리들 왔다고 꼬리를 마구 흔들며 알렸습니다.
"오늘도 단체로 왔구나?"
간호선생님도 우리들 머리를 쓰다듬으며
반갑다고 인사했습니다.
"오늘 맞으면 이제 보강주사만 맞히시면 됩니다."

난 동생들이 겁먹을까봐
경험을 통해 알게 된 것을
열심히 알려주었습니다.
주사 맞을 때 움직이면 더 아프니까
눈을 꼭 감고 잠깐만 참으면
덜 아프다고 말해주었습니다.
오르울울 오르울울 (한번, 따끔하면 끝나.)

그래도 걱정스런 마음에
진찰대 밑에서
안절부절 못하고 서성거리고 있는데
동생들의 '깨갱' 소리가 들렸습니다.
진찰대 위가 보이지 않아
펄쩍펄쩍 뛰어 오르며
와르르 왕왕왕 (동생들아 괜찮니?)

54

"아이고! 엄살은…"
엄마가 대기실 의자에 앉아
아직도 울고있는 둥이를 달래는 사이,
두찌는 병원 안을 호기심 가득한 눈을 하고
여기 저기 돌아다니고 있습니다.
이것도 건드려보고
저것은 냄새를 맡아보고
"넌 뭐하냐?"
그렇지 않아도 눈을 떼지 않고 지켜보고 있었는데
동생이 사고치기 전에 데려오지 않는다고
엄마가 눈을 흘기며 말했습니다.

으릉 으릉 으르릉 (엄마한테 빨리 가.)

화풀이하듯 앞발과 코를 번갈아 사용하며

엄마 앞으로 데려갔는데 낯선 아줌마가

"귀엽게 생겼다"며

두찌를 번쩍 안아 품에 안았습니다.

와르르 왁왁 와르르 왁왁 (내 동생 내놔!)

와왁 왁왁왁　와왁 왁왁왁 (널 물어 버릴테다.)

"으아악! 너 무섭다 애"

심하게 놀라며 두찌를 내려놓았습니다.

동생이 예뻐서 만져 본 것인데

고약한 행동이었다고 엄마가 야단쳤습니다.

"앞으로 넌 집에 있어"

사람들에게 또 그런 짓을 하면

외출금지 당할 것이라고 말했습니다.

엄마의 으름장에 기가 꺾인 목소리였지만

으르르르 으르르르 (내 동생 건들기만 해봐.)

여덟 번째,

동생들과 첫 나들이

오늘은
동생들을 데리고 공원 나들이를 갔습니다.
처음 땅을 밟아 본 동생들은
어리둥절해서 어찌할 바를 모르고
내 곁에서 떨어질 줄 몰랐습니다.

한 두 걸음 떼놓을 때마다
앙알앙알거리며
내 다리에 들러붙는 바람에
나까지 덩달아
길에 서있는 시간이 많아졌습니다.

결국

이제는 제법 묵직해진 동생 둘을

엄마가 진땀을 흘리며 안고 가야만 했습니다.

"아고! 팔이야"

공원에 도착할 때까지

'아고! 아고!' 소리를 수 없이 들어야 했습니다.

내가 보기에도

동생 둘을 안고 내 목줄까지 잡은 채,

걸어가는 엄마의 모습이 너무 힘들어 보였습니다.

으르릉 왕왕 으르릉 (너희들 안 내려?)

으르르르 으르르르 (엄마 힘들잖아. 내렷!)

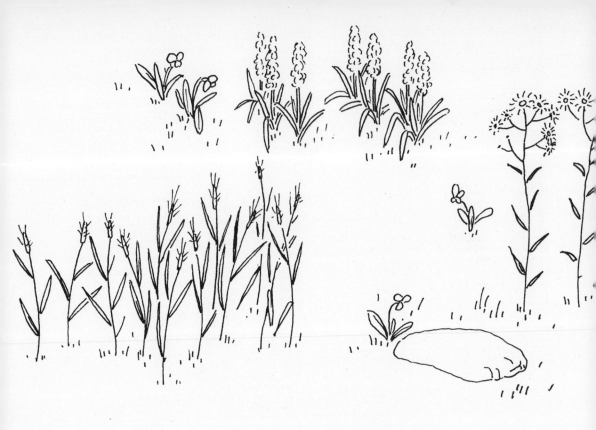

공원에 도착해서는 그래도 적응을 했는지
내 옆구리에 올망졸망 붙어 다니면서
땅에 코를 박아보기도 하고
풀을 뜯어 먹는 시늉도 하면서
여기 저기 기웃거리며 다녔습니다.
엄마도 천천히 걸었지만
나도 여느 때처럼 뛰어 다니지 않고
동생들 옆을 어슬렁거리며 지켜보았습니다.

줄지어 나란히 지나가는 개미떼를 신기하다는 듯이
고개를 갸웃거리며 쳐다보고 있다가
살랑대는 바람에
가느다란 풀잎이 살짝 휘청거리자
두찌가 깜짝 놀라 뒤로 나동그라졌습니다.
그것이 장난인 줄 알고 넘어진 녀석 위로
둥이가 폴짝 뛰어 오르는 시늉을 하며
서로의 귀, 꼬리를 물면서 풀밭 위를 뒹굴었습니다.
와르르왈왈 와르르왈왈 (귀여운 것들!)

엄마와 나는 그 모습을 빙긋이 웃으며

흐뭇하게 지켜보고 있는데

사람들이 이구동성으로

동생들이 귀엽다며 모여들었습니다.

"어머! 귀여워, 만져 봐도 돼요?"

으르르··· (내 동생···)

내가 안 된다고 대답하기도 전에

이미 동생들을 안고 쓰다고 있었습니다.

엄마의 입에서 이빨사이로 바람을 빨아들인 듯,

"슬"

손가락으로 내 입을 가리키며 경고를 보냈습니다.

으르 으르 으르르 (참자, 참자, 내가 참자.)

조그만 소리로 말했는데 귀밝은 엄마가

"슬"

아홉 번째.

어디선가 나타난 질투

첫나들이가 피곤했는지 곤하게 잠든
두 녀석을
엄마는 또 안고 와야만 했습니다.
먼지투성이가 된 녀석들을
화장실로 데려가려고 했더니
아가들은 잘 먹고, 잘 자야 무럭무럭 큰다고
깨우지 말라고 했습니다.
오우울울 오우울울 (밖에 나갔다 왔잖아요!)
오르울울 오르울울 (씻어야 되는데…)

"자 애기부터 목욕하자"
따뜻한 물에 목욕을 하고
귀 소독까지 끝내고 나니 기분이 좋아져서
온 집안을 붕붕 날아 다녔습니다.
그 소리에 둥이가 먼저 눈을 뜨더니
조금 후엔 두찌도 하품을 하며 일어났습니다.
오우울울 오우울울 (산책하고 오면 더러워.)
오우울울 오우울울 (목욕해야지.)

'깨갱 깨갱'

엄마가 꼬집는지 동생들의 비명소리가 들렸습니다.

부리나케 화장실로 달려갔더니

"처음이라 놀랬지? 괜찮아, 죽지 않아요."

오히려 엄마가 우는 동생들을 달래고 있었는데

전혀 생각도 못해본 광경을 보고야 말았습니다.

나에게는 샤워기로 물을 뿌리고

물비누로 온 몸이 흔들리도록 벅벅 문질러댔는데

동생들은

비누 거품이 가득 찬 커다란 그릇 속에 앉혀놓고

소중한듯 조심조심 씻기고 있었습니다.

양치질도 피가 나도록 벅벅 닦아주는 것이 아니라

손수건으로 살살 닦아 주고 있었습니다.

그런 모습을 보고 있자니

나의 머리와 가슴, 온 몸이 슬퍼졌는데

특히 코가 씰룩거리며 제일 많이 슬퍼했습니다.

엄마가 미워졌고 동생들은 부러웠습니다.

끼요오우 끼요오우 (나는 그렇게 안 해주고…)

"화내지 않을 거얏! 정말, 정말 화가 나는데
절대 화내지 않을 거얏!"
동생들이 목욕한 물에 텀벙 들어가 앉아 있는 내게
말과는 정반대로
엄마는 발까지 탕탕 굴러가며 소리를 질러대고
털을 말려주면서도 분하다는 듯이 씩씩거렸습니다.
"너 왜 구랫, 조금 전에 목욕했잖아"
끼우우웅 끼우우웅 (나도 동생들처럼 하고 싶어)

모두가 잠든 밤!

자는 줄 알았던 엄마가 조용히 나를 부릅니다.

"애기야! 이리와"

우울하고 서글펐던 나는

슬그머니 일어나서 천천히 걸어갔습니다.

"울 애기! 요즘 힘들었지? 엄마한테 서운했어?"

나와 눈을 맞추고 묻더니

엄마 이마에 내 이마를 마주대고 문질렀습니다.

그리곤 품에 꼬옥 안아주면서

내가 의젓하게 동생들을 보살펴 주어서

덕분에 엄마가 얼마나 큰 도움을 받았는지,

그리고 그런 내게 고마웠다고 말해주기 시작했습니다.

이번에도 코가 제일 좋아하며 씰룩거렸습니다.

할짝할짝 할짝할짝 (히잉! 엄마! 엄마!)

나도 알고 있었노라고 엄마의 얼굴을 핥아 주었습니다.

열 번째.

누가 허리를 늘려 놓았을까?

처음에 동생들은
온통 새까만 털로 뒤덮여있고 너무 조그마해서
어디가 머리고
어디가 엉덩이인지 구별이 안됐었습니다.
눈을 뜨거나 하품을 해야만
저기가 머리였구나,
조그맣고 앙증맞은 꼬리를 살랑살랑 흔들어야만
저기가 엉덩이구나 하였었습니다.

그랬었는데

동생들이 점점 이상하게 변해갔습니다.

엄마가 초콜릿을 몰래 먹다

동생들 두 눈 위에 붙여 놓았는지

목욕을 한 뒤에도

눈 위에 얼룩이 사라지지 않았고

다리는 자라다 말았는지 매우 짧았습니다.

입과 허리가

누가 늘려 놓은 것처럼 길어지기 시작했는데

특히 허리를 심하게 늘려 놓았습니다.

긴 허리에 짧은 다리로 걸어다니는

동생들을 보고 있자면 안쓰러웠습니다.

끼요오올 끼요오올 (누가 이런 몹쓸 짓을 한 것이니?)

점잖은 아빠가

동생들을 괴롭히는 것을 본 적이 없었고

시집간 누나가

그랬을리는 더 더욱 없었고

분명,

엄마가 허리를 저렇게 늘려 놓았을 것입니다.

허리가 길게 늘어나도록

끼요오옹 끼요오옹 (동생들아! 왜 참고만 있었니?)

열한 번째.

짧은 다리의 비애!

우리들을 버릇없이 길러
밥 먹을 때마다 겸상을 하려 한다고
아빠는 엄마를 핀잔을 주곤 합니다만
만약에 동물이 주는 음식을
사람이 얻어 먹어야하는 처지가 된다면
동등한 인격으로 대해주는
주인 동물을 비난하기보다는
오히려 고마운 마음이 가득할 것이라고
엄마가 말대꾸를 하였습니다.
내가 늘 앉아 침을 흘리던 자리에
엄마가 엎드려서 식탁 위를 바라보며
"여기서 보면 얼마나 먹고 싶겠어요?"
이번엔 아빠가
내가 앉아 있던 자리에 엎드리더니
엄마에게 음식을 먹어보라고 하였습니다.
"으음! 정말이군."

누나가 결혼하고서는
식탁의자 두 개가 빈자리로 남았습니다.
의자 하나에는 내가 앉아 조그마한 접시에 놓아주는
계란말이나 생선, 고기 등을 먹곤 했습니다.
호박잎쌈이나 양배추쌈을 먹을 때면
엄마는 대추알만한 크기로 쌈을 싸서
내 접시에 담아 주곤 했습니다.
깍두기를 먹는 날에는
고기나 생선은 먹지 않고 깍두기만 골라 먹어서
강아지가 김치를 좋아하는 것은 처음 보았다고
숨 넘어 갈 듯이 깔깔거리며 웃었습니다.
"절에 불공드리러 가려고 고기를 먹지 않는 거야?"
아참! 식탁위에 있던 대추를 몰래 먹었었는데
말랑한 몸속에 돌처럼 딱딱한 녀석이 숨어 있다가
내 어금니를 혼내줬었습니다.

끼이잉 끼이잉잉 (대추는 건드리면 안 돼.)

우리 세 식구의 오붓한 식사 시간을

이제는 동생들이

함께 먹겠다고 아우성들을 치며 방해를 했습니다.

길게 늘어난 허리 덕분에 키가 커져서

의자위로 머리가 쑥 올라오기는 하지만

문제는 짧은 다리였습니다.

올라오려고 안간힘을 쓰며 껑충껑충 뛰어보지만

뒤로 나동그라지는 동생들에게

평생 짧은 다리로 살아가야 하는

닥스훈트의 비애라고 엄마가 말했습니다.

투덜거리는 동생들을 의자에 앉혀주며

"너희들 짧은 다리를 원망해야지"

엄마에게 화풀이를 하면 안된다고 했습니다.

의자에 앉은 동생들은 처음에는 얌전했었습니다.

그렇게 평화롭던 날은 며칠뿐이었고

날이 갈수록 대담해진 두찌가

식탁위로 올라가

반찬이며 밥을 입속으로 쓸어 담기 시작했습니다.

결국 아빠에게 쫓겨나

식탁이 보이는 곳에 앉아

구경하는 신세가 되고 말았습니다.

둥이는 말끄러미 쳐다보며 입맛만 다셨지만

두찌는

꺼엉컹 꺼엉컹 (형아! 맛있어?)

열두 번째.

나도 갖고 싶어

오늘이려나, 내일이려나,
걱정하며 서성거리던 아빠, 엄마가
드디어 누나가 예쁜 딸을 출산했다고
병원으로 바람처럼 달려갔다
늦게야 집으로 왔습니다.
싱글벙글 얼굴에서 웃음이 사라지지 않았고
밤늦게까지 잠도 자지 않고
시끄럽게 떠들고들 있습니다.
"그렇게 예쁜 애기는 처음 봤어"
"난 두 번 봤어. 우리 딸하고 손녀딸"

문지방을 긁어 먹고 있는 동생들을 혼내줬더니
이번에는 장난감을 담아 놓은 나무 그릇을
아작아작 긁어 먹고 있습니다.

와르르 왁 와르르 왁 (하지 말라고 했지?)

깨갱 깨갱 깨갱 (형아! 왜 그래?)

깨갱 깨갱 깨갱 (오빠야! 무서워.)

누나와 아기를 보러간다고
아침부터 수선을 떨며 화장을 하던 엄마가
무슨 일이냐며 뛰어 나왔습니다.

"개구리가 올챙이 적 생각 못한다더니 쯧쯔쯧!"
동생들이 잇몸이 가려워 그러는 것을
좋은 말로 타이르지 않고
겁을 줘서 놀라게 했다고 나를 혼냈습니다.

으르르 으르르르릉 (나만 야단치고 억울해!)

병원에서 돌아 온 엄마의 손에는
선물 보따리가 들려있었습니다.
발로 굴리면 번쩍번쩍 빛이 나오는 공 두 개,
말랑말랑한 고무로 만든 인형들,
뼈다귀 모양의 커다란 개 껌 여러 개
"두찌, 둥이야! 너희들 선물!"
앞으로는 그릇이나 문지방을 씹어 먹지 말고
장난감을 갖고 놀아야 한다고 했습니다.
와르릉 왕왕 와르릉 왕왕 (나도 반짝거리는 공 주세요.)
"보채지 마! 여기 네 것도 있어"
달랑, 개 껌 하나를 내 앞으로 던져주었습니다.
난 번쩍거리는 공을 가지고 놀고 있는
동생들이 부럽기만 했습니다.
나 어릴 적에는 신발 물어뜯는 놀이가 전부였고
그나마도 물파스를 발라놔서 가지고 놀지도 못했는데
으르르르 으르르르 (너희들은 좋겠다.)
으르르르 으르르르 (나도 저런 공 좋아하는데)

어제 밤늦게까지
아빠가 빈 생수병에 여기 저기 구멍을 뚫어주면
엄마는 그 병 속에 말린 고기며 소시지 등을 잘게 썰어
가득 채웠습니다.
오늘, 그것을 하나 씩 나눠주며
병원에 아기를 보러 간다고 서둘러 나갔습니다.
까까가 빤히 보이기는 하지만
먹을 수 없게 물병 속에 넣어서 준 엄마가 미워서
물병을 발로 찼습니다.
으르르릉 으르르릉 (에잇! 약 올리고 있어.)

그런데 데구르르 굴러가던 물병에서
맛있는 까까가 튀어나오는 뜻밖의 일이 벌어졌습니다.

와르릉 왈왈 왈왈왈 (야호! 신난다.)
그런 줄도 모르고 엄마에게 화를 냈던 것이 미안했습니다.
하지만 다시 생각해보니
나 어릴 적에는 이런 것을 만들어 주지도 않았고
번쩍거리는 공도 사주지 않았던 것을 생각하니
다시 미워져서 미안해하지 않기로 했습니다.
우리는 종일 물병을 굴리느라
엄마가 외출했다는 것조차 까맣게 잊고 있었습니다.

열세 번째.

맛있는 딸기를 먹으려면

딸기를 먹다 칠칠맞게 흘린 엄마가
당황해서인지 옆에 있는 휴지를
멀리서 찾느라 허둥거렸습니다.
그 모습을 물끄러미 바라보던 둥이가
휴지 한 장을 입으로 빼서 엄마에게 주었습니다.
우리가 휴지놀이를 하면
엄마의 화가 폭발하기 때문에
두찌와 난 한 몸처럼 똘똘 뭉쳤습니다.
'형아! 둥이 혼자 한 짓이야 그치?'
'그럼, 이번에는 엄마도 분명히 봤어'

드디어 엄마의 괴성이 들렸습니다.

"어멋! 어머멋! 둥이야! 너 무슨 짓을 한거야앙 어엉!

너 천재인 것을 왜 숨겼어?"

둥이를 으스러지게 끌어안고

혹시 사람처럼 말도 할 수 있는데 숨기고 있는 것 아니냐며

가시에 찔린 사람처럼 호들갑을 떨었습니다.

둥이가 숨이 막혀 죽으면 어떡하나 겁나기 시작할 때,

"둥이야! 오빠들하고 나눠 먹어."

딸기가 수북이 담긴 접시를 우리에게 주는 것이었습니다.

오우울 울울울 (왜 딸기를 접시째 주지?)

아르알알 아르알알 (그건 나도 몰라 오빠!)

커겅 커겅 (형아! 엄마가 이상해.)

"매달리지 마, 넘어진단 말이야."
향긋한 딸기 냄새가 진동하는
커다란 상자를 들고 온 엄마에게
며칠전, 접시 째 준 딸기 생각이 나서
우리는 매달리지 않을 수가 없었습니다.
제자리에서 뱅글뱅글 돌고
이리저리 뛰어다니다가
딸기꼭지를 다듬을 때에야 나란히 앉아
우리 입속으로 딸기가 들어오길 기다렸습니다.
꼭지를 뗀 딸기를 씻어 커다란 소쿠리에 담더니
우리들에겐 겨우 세 알씩만 주고는
커다란 냄비에 딸기와 설탕을 넣고
휘젓고 또, 휘젓고 있습니다.

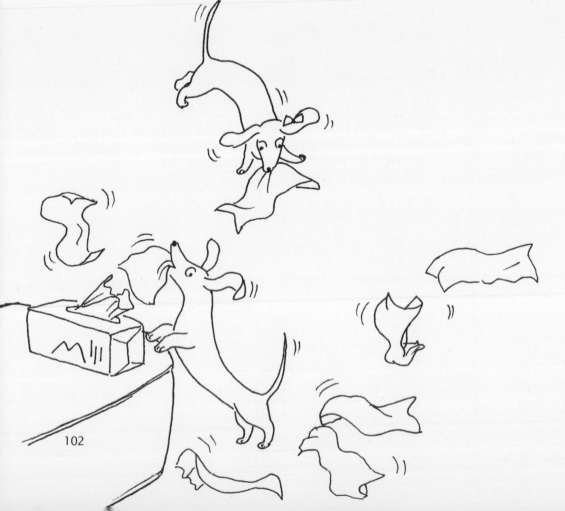

엄마가 냄비 앞에 서 있는 시간이 길어지자
우리는 걱정을 하기 시작했습니다.
'형! 엄마 혼자 딸기를 먹으려나 봐?'
'두찌야! 엄마는 앙큼해서 혼자 먹을 사람이야.'
'맞아, 초콜릿도 혼자 먹었었어.'
'오빠야! 휴지놀이하면 딸기 주잖아'
신통한 생각을 한 사랑스러운 둥이의 귀를 핥아 주고
우리는 휴지 있는 곳으로 달려가
서로 경쟁하듯 휴지를 뽑아 나르기 시작했습니다.
와르와르 왈왈왈왈 (엄마! 딸기 많이 주세요.)

먹고 싶은 딸기 양 만큼 뽑아다 준 휴지를 바라보며
엄마는 거의 우는 목소리로 징징거리기 시작했습니다.
"왜 이런거얌? 너희들 왜 이랬엉?"
하루 종일 딸기잼 만드느라 피곤한데
도와주지는 못할망정 말썽을 피웠다는 것이었습니다.
며칠 전 둥이가 휴지를 뽑아 주었을 땐,
천재라고 부둥켜안고 부들부들 떨더니
오늘은 말썽이라고 합니다.
혼자 다 먹으려고 핑계를 대고 있는 것이 분명하지만
엄마가 울까봐 걱정스러웠던 우리는 딸기를 포기하고
한쪽 구석에 얼기설기 모여 한숨을 쉬기만 했습니다.

으릉 으릉 으르르 (욕심쟁이 엄마!)

열네 번째.

주정뱅이 두찌!

누나의 딸인 다윤이의 백일잔치가 있는 날입니다.
누나가 우리도 가족이니
함께 와야 한다고 해서 같이 왔습니다.
손님들로 가득 찬 거실을 피해 방으로 들어갔더니
다윤이가 발로 차면 노래가 흘러나오는
장남감과 같이 누워 있었습니다.
오우알알 오우알알 (다윤이 조그맣다.)
거겅거겅 거겅거겅 (발도 조그맣다.)
우리는 나란히 앉아 다윤이가 발차기하는 것을
신기한듯 쳐다보고 있는데
두찌가 다윤이의 발을 날름 핥았습니다.
다윤이가 까륵 까륵 웃으며
앙증맞은 발로 발차기를 더 힘차게 했습니다.
우리를 찾던 엄마가 기겁을 한 듯 뛰어 들어와서는
다윤이를 건드리면 안 된다고 하였습니다.
오우울울 오우울울 (두찌! 너 큰일 났다.)

내가 좋아하는 과일이며 떡이 가득한

잔치상 앞에서

다윤이를 번갈아 안고 사진들을 찍고서는

시끌벅적 잔치를 벌였습니다.

"다아윤!" "건강하게, 튼튼하게, 자라다오."

모두 악을 쓰듯 외쳐서

우리들은 깜짝 놀라 상 밑으로 숨었습니다.

살금살금 기어 나와 엄마 옆으로 가려는데

"햇님 같은 다윤이에게" "축복을"

또 소리들을 질렀습니다. 다시 놀란 우리들은

상 밑에서 계속 웅크리고 있어야 했습니다.

잔치가 끝나고 손님들을 배웅한 뒤,
가족들이 분주히 집안을 정리하고 있을 때였습니다.
화장실에 들어갔던 두찌가
휴지 끝자락을 입에 물고 나와서는
미친듯이 뛰어다니기 시작했습니다.
거실이 온통 휴지로 뒤덮이는 것을
모두가 놀라서 멍하니 쳐다보고 있었는데
두찌는 제자리에서 맴맴 돌더니
쓰러져서 토하기 시작했습니다.
매형이 손님들 배웅하는 사이에
컵에 남아있던 술을 먹은 것 같다며
아빠와 함께 두찌를 안고 병원으로 달려갔습니다.
우리 모두 걱정하며 기다렸는데 다행스럽게도
치료를 끝내고 무사히 집으로 돌아왔습니다.

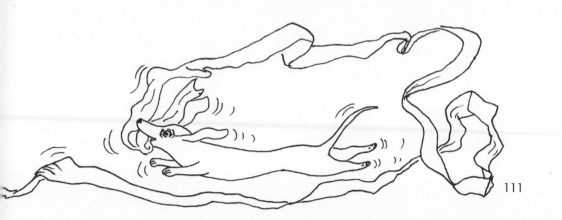

"어쩌다 내가 강아지 해장국을 끓이고…"
아빠도 마시지 않는 술을 두찌가 먹어서
해장국을 끓이는 고생을 하고 있다고
노래하듯 중얼거리던 엄마가
조금후에는
어처구니 없어서 웃음이 나온다며 피식피식 웃다가
또, 조금 후에는
두찌가 별탈이 없어서 천만다행이라고 했습니다.

와릉와릉 와르르릉 (두찌야! 어제는 무서웠어.)

오우알알 오우알알 (두찌 오빠! 앞으로는 술 먹지 마!)

개밥을 먹는 엄마!

며칠 동안 거침없는 비가 쉬지 않고 쏟아져

꼼짝없이 집에만 있었는데

오늘은 아침부터 날씨가 화창해 산책을 하기로 했습니다.

오랜만의 외출에

우리는 마냥 들떠 앞서거니 뒤서거니 하면서

비온 뒤의 풀냄새가 가득한 공원에 도착했습니다.

산책로를 따라 걷다가 잠시 쉬자며

분수대가 보이는 곳으로 갈 때였습니다.

갑자기

하늘이 컴컴해지더니 굵은 비가

머리를 아프게 때리며 쏟아지기 시작했습니다.

"얘들아! 뛰자."

우리는 정신없이 뛰어 집에 도착할 수 있었습니다.

비에 흠뻑 젖었던 우리들은
목욕을 하고 털을 보송보송하게 말리고는
경쟁하듯 하품을 하다 잠이 들었습니다.
얼마나 잤을까 잠이 덜 깬 눈으로
주위를 둘러보니 집안이 컴컴했습니다.
두찌, 둥이는 이미 잠에서 깨어
소파에 누워있는 엄마를
발로 긁어대기도 하고 얼굴을 핥고 있었습니다.
"끄응 끄응"
이상한 소리를 내며 자고 있는 엄마의 얼굴은
땀으로 범벅이 돼있었습니다.
아빠가 현관으로 들어올 시간이 되어도 일어나지 않고
신음소리만 내고 있는 엄마 때문에 불안해진 우리는
현관으로 소파로 안절부절 왔다 갔다 하고 있었습니다.
그 와중에 두찌가 울기 시작했습니다.

커엉컹 커엉컹 (엄마! 엄마! 엄마!)

아침에 엄마가
닭고기에 카레, 브로콜리, 당근을 넣고 끓여 놓은 것을
아빠가 따끈하게 데워주려나 봅니다.
우리는 아빠의 발밑에서 맛있는 닭고기를 먹을 생각에
침을 삼키며 조용히 기다렸습니다.
그랬는데, 그것을
침대에 누워있는 엄마에게 가져가는 것이었습니다.
"내가 닭죽 끓였어. 남기면 안 돼!"
한 동안, 말없이 그릇을 뚫어져라 쳐다보던 엄마가
피식피식 웃으며 먹기 시작했습니다.

와르르르 왈왈왈 (엄마! 왜 그래?)

거겅 거겅 거겅 (안 돼, 먹으면 안 돼!)

우리들은 침대에 매달려 거칠게 항의했습니다.

병원에서 엄마는 잘 먹고 푹 쉬라고 했는데

계속 떠들어서 괴롭히면

아빠도 우리에게 화를 낼 것이라 했습니다.

말없이 죽을 먹던 엄마가 빙긋이 웃으며

엄마, 아빠 것에는

닭고기에 인삼, 마늘을 넣어 끓였고

우리 것에는 항상 카레와 야채를 넣고 끓였기에

냄새를 기억하고 항의하는 거라고 하였습니다.

"옆 냄비에 있는 것이 우리 거예요"

그러면서

아침에 끓였을 때는 매우 뜨겁기도 하였고

산책을 다녀오면 배도 고플 것이니 다녀와서 먹자고

우리들에게 약속했었노라고 말해 주었습니다.

"우하하핫! 그러면 내가 당신한테 개밥을 준거야?"

아빠는 우리에게 미안하다면서도

엄마가 아프면 닭을 잡아서라도 끓여줘야 할 녀석들이

벌떼처럼 항의했다고 너무한다고들 했습니다.

"그건 그래, 불효막심한 녀석들!"

우리 밥을 먹고 기운이 났는지

엄마도 아빠 편을 들었습니다.

결국, 우리도 닭죽을 먹긴 했습니다.

거겅거겅 거겅거겅 (엄마 미워!)

와롱와롱 아르알알 (우리 밥 왜 먹었어?)

오우울울 오우울울 (아빠가 더 나빠.)

열여섯 번째.

아차차! 아차차!

유행성 눈병에 걸린 누나와 매형이
다윤이에게 옮길 것을 염려하여
다윤이를 우리집에 데려다 놓고 갔습니다.
누워있는 다윤이에게
'까꿍! 오롤롤 까꿍!'을 하던 엄마가
"아차차! 우유병 소독해야지"
"아차차! 난방 올려야지" 하면서
분주하게 뛰어 다녔습니다.
아빠가 춥다고 난방을 틀자고 하면
옷을 두껍게 입고 양말을 신으라고 했고
우리에게는
담요 위에서 놀면 따뜻하다고 했었습니다.
그런데 다윤이가 오니 난방을 팡팡 틀어
온 집안이 훈훈해졌습니다.

끼우웅 끼이이웅 (우리집이 이렇게 따뜻했었나?)

125

응애 응애 응애

처음엔 조그맣게 울던 다윤이가

소리 높여 울기 시작했습니다.

엄마가 안고 등을 토닥거려도 그치지 않았고

일어서서 서성거리는데도 계속 울었습니다.

"아차차! 우유!"

주방으로 뛰어가며 두찌, 둥이가

다윤이를 건드리거나

발톱으로 할퀴지 않게 감시하라고 했습니다.

난 다윤이 옆에 착 붙어 앉으며

으르르르 으르르르 (너희들 들었지?)

으르르르 으르르르 (다윤이 옆에 오지 마!)

엄마 품에 안긴 다윤이가

앙증맞은 손으로 자기 발을 만지작거리며

'꿀꺽 꿀꺽' 맛있게 우유를 먹었습니다.

"배가 고팠쪄영? 할머니는 그것도 몰랐구영"

다윤이를 번쩍 들어 안고서는

등을 타닥타닥 때리기 시작했습니다.

엄마에게 와락 덤벼들며

와르릉 왁왁 와르릉 왁왁 (다윤이 때리지 마.)

처음에는

화를 내며 엄마의 팔꿈치를 물어뜯었지만

나중에는 대롱대롱 매달리며 애원을 하였습니다.

끼이우웅 끼이우웅 (엄마! 때리지 마세요.)

"아휴! 팔꿈치 아파라"

다윤이를 눕히더니 때린 것이 아니라

트림이 나오도록 한 것이라고 했습니다.

오르을을 오르을을 (많이 아팠지?)
나의 위로에 기분 좋아진 다윤이가
벙긋벙긋 웃으며 자그마한 손을 뻗어
내 얼굴을 잡아당기기 시작했습니다.
수염이 뽑힐 것처럼 아팠지만
엄마에게 맞은 것이 가여워 참았습니다.
하지만 아플 때 마다 귀를 팔랑거려서인지
아니면 입을 잡아당길 때 이가 보여서 무서웠는지
다윤이의 얼굴이 일그러지더니 울기 시작했습니다.
"왜 울지? 어떡하지?"
당황해서 쩔쩔매던 엄마도 같이 울려고 합니다.
그런데 다윤이 엉덩이에 맛있는 것을 숨겼는지
군침도는 구수한 냄새가 폴폴 풍겨 나왔습니다.
코를 들이대고 킁킁거렸더니
"아차차! 기저귀"
울음을 그치고 새근거리며 잠이든 다윤이를 눕히고
"고마워어 애기야앙 구런데엥 오투케 아라쩌엉?"
오르을을 오르을을 (먹을 것이 아니었나?)

열일곱 번째.

두찌는 언제 사람이 되는 것일까?

거실에 앉아 마늘 껍질을 까며
우리들에게 계속 소리를 질러댑니다.
"너희들 얌전히 안 있을 거야?"
동생들이 뛰어 다녀서
마늘 껍질이 날아다닌다는 것이었습니다.
두찌, 둥이는 장난치며 신나게 놀고 있었을 뿐인데
엄마가 어질러 놓고 동생들 핑계를 대고 있는 것입니다.

기가 팍 죽은 두찌, 둥이가

'우리가 잘못했어?'

내 옆에 나란히 앉으며 눈으로 묻습니다.

화장실 청소를 매일 하는 것도 우리 탓

현관을 닦아야하는 것도 우리 탓

정신이 없는 것도 우리 탓을 하는

좋지 않은 성격이라고 나도 눈으로 말해주었습니다.

134

두찌에게
손가락에 끼우는 말랑말랑한 칫솔을 쓰지 않고
엄마가 쓰던 딱딱한 칫솔로 양치질 해줘서
잇몸에서 피가 났는데
두찌가 마구 움직여서 그런 것이라고 했고
또,
누워있는 둥이 꼬리를 밟고 지나갔을 때에는
깨갱 거리는 둥이에게 꼬리 간수를 잘하지 않고
바닥에 어질러 놓아 밟았다고 억지를 부렸습니다.
무엇이던지 엄마가 옳고
좋지 않은 모든 일은 우리 핑계를 대곤 했습니다.

"에그, 너희들 때문에 정신없어서 안되겠다."
지금도 마늘 그릇을 싱크대로 옮겨 껍질을 까면서
우리 때문에 다리가 아프다고 투덜거리는데
마늘 한 개가 또로록 바닥으로 굴러 떨어졌습니다.
엄마 발밑에 매달리듯 앉아 있던 두찌가
잽싸게 입에 넣고 우적우적 씹어 먹더니
츄춥 춥춥
머리를 마구 흔들면서 이상한 소리를 내기 시작했습니다.
둥이와 난 놀래서
왜 그러느냐고 물어 보았지만 두찌는 대답도 못하고
바닥에 입을 문지르며 바쁘게 돌아다니고 있습니다.
우리의 부산함을 뒤늦게 눈치 챈 엄마가
"두찌! 어디 다쳤어?"
다리, 배, 머리, 귓속을 살피고 입을 벌려 들여다보더니
독한 생마늘을 먹어서 큰일났다고 했습니다.

물을 먹으면 괜찮아 질지 모른다고 하는데도

두찌는 춥춥 소리를 내면서 고집스레 먹지 않았습니다.

강제로 입을 벌려 먹게 하려고 했지만

도리질을 해대는 통에 그마저도 실패했습니다.

우왕좌왕하던 엄마가 참기름을 듬뿍 적신 손수건을

입속에 집어넣고 싹싹 닦아내고서는

한숨을 내쉬며 오늘 생마늘을 먹었으니

이제 쑥만 뜯어 먹으면 분명 사람이 될 것이라고 했습니다.

난 그때부터 두찌를 계속 지켜보고 있습니다.

오르울울 오르울울 (사람으로 변하는 두찌는 참 좋겠다.)

139

리모컨이 필요해

두찌는 씩씩하고 장난이 심하지만
강직한 성격입니다
장난감을 갖고 놀다가 그릇에 넣어두는 것을
한두 번 보여줬을 뿐인데도 그대로 따라하는 등,
하면 안 되는 행동과 해도 되는 행동을
정확히 알고 있는 아주 멋진 녀석입니다.
가끔, 욱해서 사고를 치긴 하지만…
누군가 엄마의 옷자락을 실수로라도 건드리면
세상이 끝난것처럼 막무가내로 사나워지기 때문에
두찌 별명은 '엄마 스토커'입니다.
엄마가 밤에 잠깐이라도 밖에 나갈 일이 생기면
아빠는 꼭 두찌를 데리고 나가라고 할 만큼
우리 셋 중에 두찌가 제일 듬직하다고 했습니다.

둥이는 조용하고 나긋나긋한데다
애교스럽게 착착 들러붙는 성격이라
온갖 사랑을 다 받습니다.
내가 '으르릉'을 시작하려고만 해도
또, 엄마의 목소리가 커지기만 해도
둥이의 몸속에 있던 뼈가 갑자기 사라진 것처럼
호로로록 바닥으로 쓰러지는데 안아 올리려고 하면
빨래줄에 널린 옷처럼 온몸의 힘을 쫙 빼버려서
둥이가 야금야금 잘못을 저질러도
웃느라고 혼내 주는 것은 거의 불가능합니다.
동생들의 성격이 정반대이다 보니
둥이가 엄마의 눈앞에서 말썽을 부리지 않는 한,
두찌가 모든 죄를 뒤집어쓰는 억울한 일이
심심찮게 벌어지곤 합니다.

오늘만 해도 두찌와 난,
둥이가 하는 짓을 지켜보는 수밖에 없었습니다.
화장대 의자에 매달려 낑낑거리다가 올라서고
이번엔 의자위에서 화장대에 매달려 안간힘을 쓰더니
기어이 화장대 위로 올라갔습니다.
화장품마다 냄새를 맡아보고 발로 툭툭 차는 것을
조마조마한 마음으로 쳐다보고 있었는데
와장창! 퍼억!
화장품과 둥이가 동시에 바닥으로 떨어졌습니다.
동생들은 다리가 짧아 화장대는 물론,
침대나 소파 위도 올라가지 못했었는데…
'하아! 둥이야'

외출에서 돌아 온 엄마는 딱 한마디만 했습니다.

"허억"

깨진 유리병을 주섬주섬 치우고

끈적거리는 화장품을 다 치운 엄마가

"나에겐 강아지 리모컨이 필요해."

정지버튼을 누르면 우리가 꼼짝하지 않고 있다가

재생버튼을 누르면 다시 움직이는

강아지 리모컨이 필요하다고 소리 지르기 시작했습니다.

아빠가

"얼른 잘못했다고 빌어"라고 시키며

우리 엉덩이를 엄마 앞으로 밀었습니다.

정작 사고를 친 둥이는 엄마 무릎위에 앉아

이번 일과 전혀 상관이 없다는 듯

벌벌 떨면서 야단맞고 있는 우리를

해맑은 표정으로 구경을 하고 있었습니다.

두찌와 나는 깊은 한숨만…

'하아! 둥이야'

끝없는 두찌의 만행

혼자 있었을 때는 밥그릇에 담겨 있는 사료를

느긋하게 하나씩 아작아작 씹어 먹고는 했습니다.

끼요오옹 끼요오옹 (그때가 좋았는데)

지금은 시간 맞춰 사료를 각자 그릇에 담아 줍니다.

예전에는 엄마, 아빠와 맛있는 것을 먹고

사료는 먹지 않아도 아쉬울 것이 없었는데

이제는 사료를 남기면 두찌가 모두 먹기 때문에

배가 고프지 않아도

사명감에 불타오르는 듯 먹게 되었습니다.

분명 먹기 싫었었는데

두찌가 내 것을 먹고 있는 것을 보고 있으면

어마어마한 화가 치밀어 오르기 때문입니다.

처음에는 둥이와 내가 남긴 사료를 먹었었는데
어느 날부터인가 자기 밥그릇에 담아 준 사료를
'헙 헙 헙'
마치 청소기가 빨아들이듯 먹어 치우고는
우리를 밀쳐내고 뺏어먹기 시작했습니다.
그랬어도
둥이와 힘을 합쳐 엉덩이를 물어주거나
꼬리를 붙잡고 못 먹게 하면 뒤로 물러났었습니다.
하지만 날이 갈수록 우리를 위협하며
밥그릇 근처에도 오지 못하게 하였습니다.
보다 못한 엄마가
두찌를 베란다에서 따로 먹게 조치를 취해주어
잠시 편하게 먹을 수 있게 되었지만
그 뒤에는 분노의 화신으로 변한 두찌의
화풀이에 속절없이 당해야만 했습니다.
깨갱깨갱 깨갱깨갱 (두찌오빠가 우리를 죽이려나 봐.)
워어어우 워어어우 (분하다, 동생한테 이런 일을 당하다니)

다친 곳은 없는지 우리들의 몸을
부들부들 떨리는 손으로 살펴보던 엄마가
"폭력이 네 취미생활이냐?"
둘찌가 못된 짓을 어딘가 저장했다가
하나씩 꺼내쓰고 있는 것 같다고 씩씩거렸습니다.
"넌 송곳니도 흉기고 숨 쉬는 소리도 흉기 같아"
이제는 절대 그런 일이 없지만
내가 철없던 시절
사람을 물면 똑같은 위치를 물어서
나를 까무러치게 아프게 하던 엄마였는데

끼우웅 끼우웅 (둘찌는 왜? 안 물지)

엄마는 두찌의 앞발을 꼭 붙잡은 채

"오늘은 엄마랑 허심탄회하게 이야기 해보자"

몸을 벌러덩 뒤집고 누워버리는 두찌!

그런 두찌를 다시 일으켜 세운 엄마는

"분노로 떨고 있는 엄마 모습이 보이지?"

또 다시 벌러덩 누워버리는 두찌!

"어른이 말을 하는데 버르장머리 없이 눕지 말고 말해 봐."

저런 녀석은

엄마에게 한 번쯤 깨물려봐야 정신이 번쩍 들것인데

목청껏 소리만 지르는 것을 보고 있자니

답답하고 실망스럽기까지 하였습니다.

크르르릉 크르르릉 (엄마! 그냥 콱 물어버려)

내가 너희들을 어떻게 키웠는데

아주 어렸던 동생들은 내 품으로만 파고들어
동생들 침대는 텅 비어 있었고
내 침대 안은 언제나 북적거렸었습니다.
명색이 남자인지라 내 비록 젖을 먹여 키우진 않았지만
엄마로 착각하고
내 품에서 벗어나려하지 않는 동생들을
눈곱이 끼였는지, 더러워진 곳은 없는지
요모조모 살펴 핥아주고
똥, 오줌을 침대에 쌀 새라 화장실로 데려가고
누가 건드릴 새라 알뜰살뜰 보살펴 주느라
동생들이 어느 정도 클 때까지
편한 잠을 자 본적이 없었습니다.
엄마도 그렇게 말했지만 사람들도
동생들은 내가 다 키웠다고 말하지 않았던가?
그렇게 키웠더니
으르르르릉 으르르르릉 (두찌! 저 녀석이 이제 컸다고,,,)

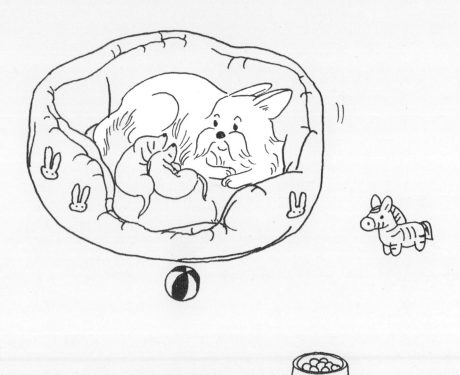

눈이 내리는 추운 겨울이 오면 배추김치와

내가 좋아하는 깍두기를 많이 담급니다.

나 혼자 있었을 때에는 털 날린다고 잔소리하기 전에

내 침대 안에서 꼼짝 않고 있어서 칭찬을 받곤 하였습니다.

천방지축인 동생들이 생긴 후로는

"동생들이 주방으로 오지 못하게 해야 돼"

엄마가 신신당부를 하곤 했습니다.

그러면, 내 침대에 동생들을 몰아넣고

화장실 가는 것도 허락하지 않아서

김장이 끝나면 일제히 화장실로 달려가곤 했습니다.

'쏴아아' 끊임없이 나오는 오줌소리를 듣고

"어우 야야! 방광 터지면 어쩌려고 그랬어?"

혹시, 동생들에게 숨도 쉬지 말라고 한 것 아니냐며

나에게 무섭고 독한 녀석이라고 했습니다.

와르와르 울울울 (엄마가 시켰으면서…)

내가 야단맞는 것도 싫지만 동생들이 꾸중을 들으면

괜스레 안절부절 불안해져서

엄마와 동생들 사이를 가로막고 서 있기도 하고

잔소리를 피할 수 있는 곳으로 몰고 갈 때도 있었습니다.

그렇게 동생들을 보호하려다

내가 대신 야단맞는 일도 부지기수였건만,

고마워하기는커녕

으르르르릉 으르르르릉 (두찌! 저 녀석이…)

어렸을 때는 공원으로 산책을 나가도

내 곁에서 발발거리며 머물던 동생들이

활발하게 뛰어 놀게 된 후로는

바닥에 떨어져 있는 뻥튀기, 과자 부스러기들을

닥치는 대로 주워 먹는다던가

하다못해 버려진 껌 종이까지 먹는 일이 생겼습니다.

엄마가 질색을 하며 말려보았지만

듣는 척도 않고

그런 짓을 번번이 저지르곤 하였습니다.

얼굴까지 벌개져서 쩔쩔매는 엄마를 위해

내가 나서서 힘껏 말리느라

친구들과 공놀이를 한다던가,

신나게 뛰어노는 일은 포기해야만 했습니다.

그런 나를 친구들은 동정어린 눈으로 쳐다보곤 하였습니다.

그럼에도 아랑곳없이 저희들을 돌봐 주었건만

으르르릉 으르르릉 (두찌! 저 녀석이…)

강아지들끼리 뛰어 놀 수 있는 공간을 벗어나
사람들이 모여 있는 곳으로 간 녀석들이
잔디밭에서 도시락을 먹고 있는 사람들 턱밑에
얼굴을 바짝 들이밀고는 그 사람들 입속으로
들어갈 듯이 혀를 날름거리자
닭다리를 들고 있던 아저씨가
"민망해서 못 먹겠다."고 하였습니다.

내가 두찌를 데려오려고 발걸음을 떼는 순간

바람처럼 나타난 엄마가

두찌, 둥이를 낚아채듯 안아 올리며

"죄송합니다."

헐레벌떡 뒤쫓아 간 나에게,

"난 애들 때문에 창피해서 죽을지 몰라"

크르룩 왁왁 크르룩 왁왁 (너희들 왜 그런 짓을 하는데?)

크르룩 왁왁 크르룩 왁왁 (엄마가 죽는다잖아)

그 뒤로, 공원에서 산책을 하는 날이면

더욱 신경이 쓰여 동생들 곁을 떠날 수 없었으며

먹을 것 앞에서 기웃거리는

녀석들의 뒷다리를 물고서라도 끌고 와야만 했습니다.

신나게 뛰어 놀고 있는 친구들을 애써 외면하며

동생들을 돌보았건만

으르르르릉 으르르르릉 (두찌! 저 녀석이…)

맨발로 달렸다

아무도 없는 곳에서만 시비를 걸던 두찌가
이제는 드러내놓고
ㅋㄹㄹ윽 ㅋㄹㄹ윽윽 (형씨! 엄마에게 안기지 마!)
ㅋㄹㄹ윽 ㅋㄹㄹ윽윽 (형씨! 아빠한테 매달리면 안 되지)
아빠, 엄마가
나를 안아주었다가 바닥에 내려놓기만 하면
물어뜯으며 시비를 걸었고
잠을 자고 있으면 몰래 다가와 물어뜯고 가는
비열한 행동도 서슴없이 저지르곤 했습니다.
크고 작은 상처가 끊일 날이 없었기에
나의 몸과 마음은 괴롭기 짝이 없었고
엄마, 아빠의 걱정도 나날이 깊어만 갔습니다.
으ㄹㄹ 으ㄹㄹㄹ (이제는 형씨라고?)

깨갱 깨갱 깨갱깽 (살려줘, 살려주세요.)

"우아악! 아악! 떨어져, 떨어지지 못해 우아악!"

나의 비명과 엄마의 비명이 뒤섞여

우리집은 순식간에 아수라장으로 변했습니다.

내 목을 힘껏 물고 놓지 않는 두찌 때문에

우리를 떼어 놓으려고

두찌를 안아 올리면 내가 딸려 올라갔고

반대로

나를 안아 올리면 두찌가 딸려 올라왔습니다.

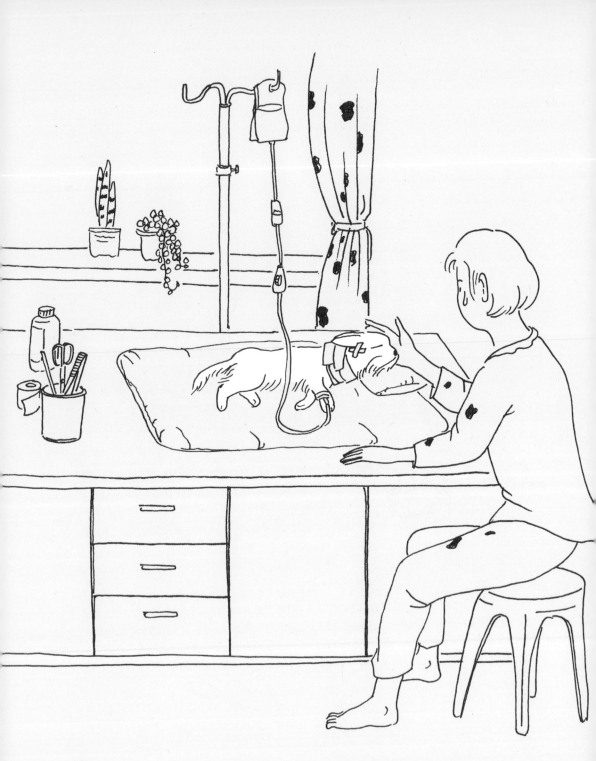

뻐엉뻥. 뻐엉뻥

집이 무너지는 소리에 두찌가 물고 있던 목을 놓아주어

난 기절을 하며 바닥에 쓰러졌습니다.

폭죽을 터트려 두찌를 제압한 엄마는

피를 흘리며 쓰러져 있던 나를 안고

펑펑 울면서 병원으로 달려갔습니다.

"흐어엉 흐어엉 애기야! 죽지 마. 흐어엉"

끼이이잉 끼이이잉 (엄마! 나 죽는 거야?)

수술 후,

마취가 풀리고 정신을 차리고 보았더니

엄마의 옷과 손에는 내 피가 잔뜩 묻어 있었고

맨발에는 상처가 나서 소독을 하고 있었습니다.

연락을 받은 아빠가 엄마 신발을 갖고 올 때까지

우리는 병원에서 기다렸습니다.

"자네 두찌에게 봉변당했다며?"

아빠는 안쓰러워하며

두찌를 혼내주겠다고 약속하였습니다.

"이노옴! 애기가 널 어떻게 키웠는데?
장유유서도 모르는 불한당 같은…"
아빠가 저렇게 화내는 모습은 처음이었습니다.
넋이 나가있던 엄마도 정신을 차렸는지
두찌 엉덩이를 철썩철썩 때리며
"이녀석! 이 폭력배같은 녀석!"
야단을 듬뿍 맞은 녀석이 누워있는 내게
슬그머니 다가오더니
ㅋㄹㄹㄹ ㅋㄹㄹㄹ (형씨! 앞으로 날 잘 모셔 알았지?)
"이 녀석이 아직도 반성을 하지 않고…"
아빠의 고함소리에 소파 밑으로 들어간 두찌는
그날 내내 나오지 못했습니다.

너를 이길 수 있다면 공포심도 두렵지 않아

상처가 꼬득꼬득 아물어 가고 있을 때였습니다.

결혼식에 온 가족이 참석해야 하는데

나를 집에 두고 가면 두찌가 해코지 할까봐

걱정이라며 엄마는 전전긍긍 하였습니다.

아빠랑 머리를 맞대고 쑥덕거리더니

케이크상자에 매달려왔던 폭죽들을 꺼내

폭죽 끝에 있는 실에 테이프를 감아

그것들을 내 목걸이에 빼곡하게 붙었습니다.

두려움에 몸부림치며 도망치려는 나에게

목걸이를 채워주며

"용감해져야지"

와들와들 떨어대는 나를 달래주면서

두찌가 내 목을 물려다

혹시라도 폭죽이 터지는 일이 생기면

나도 잠시 기절해 있으면 된다고 했습니다.

끼이이잉 끼이이잉 (무서워, 무서운데)

172

외출에서 돌아온 엄마, 아빠가
폭죽에서 터져 나온 고불고불한 종잇조각이
여기 저기 뒹굴어 다니는 것을 보고
두찌의 공격에 상처가 터지지는 않았는지
걱정스레 내 목을 살펴보다가
"둥이야! 두찌는 어디있니?"
두찌가 보이지 않는다며 찾기 시작했습니다.
집안 어디에도 없자
나중에는 냉장고문까지 열어 보았습니다.
"이상하다. 가출했나?"
난 두찌가 영영 나타나지 않았으면 좋겠습니다.

으릉으릉 으르르르 (나쁜 녀석!)

베란다에서 칭얼거리는 둥이를 데리러 나갔던 엄마가

세탁기 뒤에 끼어 있는 두찌를 발견했습니다.

"어떻게 들어갔지?"

누군가 두찌를 그곳에 집어넣고 세탁기를

힘껏 밀어 넣은 것처럼 꽉 끼어 있었다고 했습니다.

좁은 공간에서 꺼내주려고 애를 쓰던 엄마가

두찌의 우는 소리에 발을 동동 구르기 시작하자

아빠가 세탁기를 앞으로 잡아 당겼습니다.

"이렇게 하면 되지 미련한 사람 같으니라고"

"진작 그렇게 해주지"

그 와중에도 토닥거리며

오랜 시간 좁은 곳에 끼어 있어서 뻣뻣해진

두찌의 온몸을 문질러 주면서

"우하핫! 폭죽에게 혼났지?

악당의 최후는 이런 것이다 짜샤!"

두찌가 폭죽에게 당한 일은

갓 볶은 참깨를 으깼을 때처럼 고소하다고 했습니다.

몸이 풀린 두찌가 벌떡 일어나
내 앞으로 달려오자 또, 공격하려는 줄 알고
모두가 놀라서 비명들을 질렀습니다.
그런데 내 앞에 배가 보이게 발라당 누워
엉덩이를 이리저리 비틀어대기 시작했습니다.
그 자리를 피하자
계속 쫓아오며 털퍼덕 소리가 나도록 누우면서

끼잉 끼이잉 끼잉 (형님! 용서해 주십시오.)

크르르르 크르르르 (비키지 못해)

끼잉 끼이잉 끼잉 (형님! 앞으로 잘 모시겠습니다.)

크르르르 크르르르 (비켜!)

두찌가 내 목을 물어뜯는다는 것이
목걸이에 붙어 있던 폭죽을 물어뜯었는데
용케도 그 중의 한 개가 터져 주었습니다.
내 목을 물면 천둥 같은 굉음을 내며
폭죽이 터진다고 생각한 것인지
아니면,
내가 천둥치는 소리를 냈다고 생각한 것인지
정확히는 모르겠지만
기가 팍 죽은 두찌는 나와 눈만 마주쳐도
걷지도 못하고 배로 설설 기어 다니고 있습니다.
나보다 더 의기양양해진 엄마가
그런 두찌의 입을 내 목에 갖다 대며
"물어봐, 또 물어보라고"
두찌는 내 목에 닿는 것만으로도 두려웠는지
겁에 질린 목소리로 울며 몸부림치더니
그 짧은 다리로 줄행랑쳐서
세탁기 뒤로 다시 숨었습니다.
오우울울 오우울울 (무섭지만 고마운 폭죽이야)

스물세 번째.

우리가 사랑하는 까닭은

누나가 집에 놀러 오면
우리들은 다윤이 곁에 옹기종기 모여 있습니다.
부쩍 궁금한 것이 많아진 다윤이는
우리들의 깜빡이는 눈이 신기한 듯
손가락으로 찔러보기도 하고
쫑긋거리는 귀를 잡아당길 때도 있습니다.
살랑대는 꼬리를 입에 넣고 먹으려하는데
"꼬리가 아야해, 아야! 먹으면 안돼요."
누나는 우리의 꼬리를 살려주는 대신
다윤이를 울리기도 했습니다.

가끔, 우리를 방석으로 알고 깔고 앉거나
베개 삼아 잠들 때도 있습니다.
둥이와 나는 아파서 신음소리라도 내는데
다윤이에게 만큼은 한없이 너그러운 두찌는
마치 방석이나 베개로 태어났던 것처럼
다윤이가 잠에서 깰 때까지 두 눈을 지그시 감고
움직임 없이 기다려주고는 하였습니다.
우리는 서로 머리를 맞대고 약속한 것처럼
다윤이에게는 매우 관대하였습니다.
와르르왕왕 와르릉왕왕 (우리 착하죠?)

아빠가 땀을 뻘뻘 흘리면서 바람을 불어넣고
그 안에 알록달록 오색 공을 가득 채우고
한 쪽엔 미니 미끄럼틀도 세워 놓은 볼 풀장에서
우리 넷은 신나게 놀곤 했습니다.
아빠, 엄마는 우리들이 날카로운 발톱으로
비닐 볼 풀장에 구멍을 내면 바람이 빠진다고
들어가는 것을 은근 싫어했지만
사랑스런 다윤이가 꼬리를 잡아당겨
할 수 없이 들어 간 것을 어쩌라고…
다윤이가 미끄럼틀에서 미끄러져 내려오면
우리들 중 하나는 밑에 깔릴 때도 있었지만
누구하나 아프다고 툴툴거리지 않았고
오히려 더 재미있어하며
우리도 다윤이처럼 미끄럼틀 위로 올려 달라고
엄마에게 조르기도 하였습니다.
볼 풀장 밖에서 안으로 폴짝 뛰어 들어가면
공들이 사방으로 튀어 나가는데 그것을 보고
다윤이는 숨이 넘어갈 듯이 웃으며 좋아하였습니다.
까르륵 크게 소리내어 웃어주는 모습이 사랑스러워
나는 더 높게 뛰어 들어가곤 했습니다.

와르와르 왈왈왈 (다윤아! 나 잘 뛰지?)

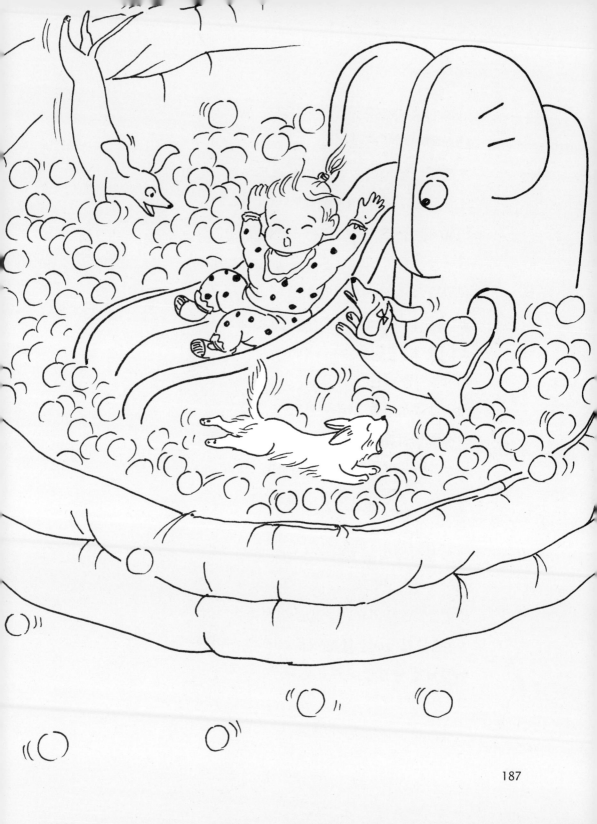

다윤이가 오는 날에는

조그만 그릇에 먹을 것을 담아 주는

소꿉놀이를 은근 기다리는데

처음에는 소꿉 그릇도 먹는 것인 줄 알고

잘근잘근 씹어 먹어 다윤이를 울리기도 했지만

고의로 그런 것은 아니었습니다.

오우울울 오우울울 (다윤아! 울지 마.)

오우울울 오우울울 (그릇은 안 먹을게.)

의사놀이를 하는 날이면

장난감 주사바늘로 배를 찌르고

강제로 입을 벌려 약을 먹이는 시늉을 합니다.

귀찮아서 도망을 가더라도 어차피

꼬리나 귀를 붙잡혀 질질 끌려가기 때문에

의사놀이가 끝날 때까지 모든 것을 체념하고

죽은 듯이 누워 있고는 했습니다.

의사놀이는 사라지고

소꿉놀이만 있었으면 좋겠습니다.

와르르왕왕 와르르왕왕 (애들아 그렇지 않니?)

거겅거겅 거겅겅 (소꿉놀이 최고!)

손가락처럼 길게 생긴 과자를

둥이가 반을 잘라먹으면 나머지는 다윤이가 먹고

까르륵 까르륵 웃으며 사이좋게 나눠 먹고 있습니다.

골고루 나눠줘야 하는데

다윤이 턱밑에 자리 잡고 앉아있는

둥이에게만 과자를 주고 있습니다.

아르알알 아르알알 (우리도 먹고 싶어)

둘이서 다 먹을까봐 걱정스러웠던 두찌와 나는

손에 들려 있던 과자를 뺏어 먹었는데

다윤이는 그것이 재미있었던지

더 크게 까르륵 거리며 웃었습니다.

우리는 항상 그랬듯이 과자봉지에 주둥이를 들이밀고

남아있던 과자를 모두 먹었습니다.

다윤이만 오면

갑자기 풍성해지고 화려한 먹을거리에

눈이 찔리고

엉덩이 밑에 깔리고

털이 뽑혀도

우리는 행복하고 즐거울 뿐입니다.

다만, 엄마나 누나가 절대 눈치채지 못하게 뺏어 먹어야 합니다.

거겅거겅 거겅거겅 (오늘 과자가 더 맛있었지?)

오우울울 오우울울 (난 다 맛있던데…)

스물네 번째.

벚꽃나무 아래에서

흐드러지게 핀 벚꽃 구경을 하려고
온 가족이 호수공원으로 소풍을 나왔습니다.
알록달록한 풍선을 파는 할아버지도 있었고
둥그런 통에서 구름 같은
솜사탕을 만들어 파는 아저씨도 있었습니다.
호수에는 엄마 물오리 뒤에 아기 물오리들이
졸졸 따라다니며 헤엄을 치는 모습도 보였고
커다란 물고기가 물 밖으로 뛰어 올랐다가
'첨벙' 물속으로 다시 들어가기도 했습니다.

193

매형은 두찌와 둥이를 산책을 시키고
아빠와 누나는
이제는 아무 곳으로나 뛰어가려는 다윤이를
양쪽에서 붙잡고 다니고 있습니다.
엄마와 나는 벚꽃나무 아래에 앉아
가족들 모습을 지켜보며 있었습니다.
"단출했었는데 이제는 대가족이 됐다 그치?"
누나, 매형, 다윤이
그리고
예전처럼 고분고분 내 말을 잘 듣는 두찌와
모든 것을 애교로 해결하는 둥이까지,
온 가족이 모여 북적거리면
엄마는 흐뭇하다고 했습니다.

도시락을 먹기 위해 가족들이 모이기 시작했는데
두찌, 둥이가
반가운 사람을 오랜만에 만난 것처럼
엄마에게 달려들어 얼굴을 핥아대는 바람에
뒤로 벌렁 자빠져서 일어나지 못하고 있는데
이번에는 다윤이가 할머니라는 말을
"하머이! 하머이!" 하면서
가슴위로 올라가 엄마를 꼭 끌어안았습니다.
엄마의 얼굴이 벚꽃보다 더 활짝 피면서
"우리 강아지! 할아버지랑 놀고 왔쪄여?"
혀 짧은 소리로 다윤이에게 강아지라고 합니다.

오우울울 오우울울 (다윤이도 강아지였어?)

거겅거겅 겅겅겅 (우리랑 똑같은?)

아르알알 아르알알 (정말? 아닐 거야)

꽃놀이를 왔는데 엄마 옆에 있지 말고
동생들과 뛰어 놀라고 했습니다만
돗자리 위에 누워있는 것이 더 편했습니다.
집에서도 방바닥과 친하게 지내더니
밖에서도 마찬가지라고 걱정스레 말했습니다.

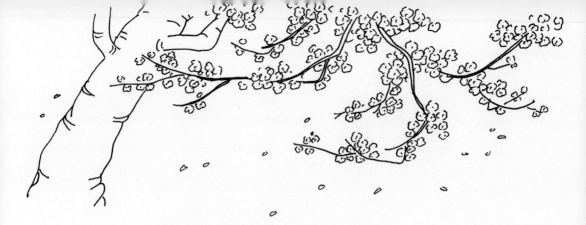

"하긴 너도 열 살이 넘었으니"
움직이는 것이 싫어질 나이라면서
같이 늙어가는 것을 축하하는 의미로
악수를 하자며 내 앞발을 잡고 마구 흔들었습니다.
"애기야! 오랜 세월 우리 곁에 있어줘서 고마워!"

우리들은 한 번 나이가 들면
젊은 나이로 되돌아갈 수가 없는데
벚꽃 나무는
가을이 되면 낙엽이 물들고 겨울에는 헐벗었다가도
봄이 오면 다시 꽃을 활짝 피워서 좋겠다고
엄마가 부러워했습니다.
"그치? 그렇지 않나?"
고개만 갸웃거리지 말고 잘 생각해 보라고
다그치기 시작했습니다.

끼이우웅 끼이우웅 (나는 무슨 뜻인지 도무지…)

뒷이야기.

집안 어른의 장례식이 있어 사흘간 집을 비워야 했었다

긴 시간을 떨어져 지내본 적이 없어서였는지

가족을 보고 울기 시작하는데

옆집에서 걱정스러워 초인종을 눌러 볼 정도로

강아지가 하루 종일 통곡하듯 우는 것은 처음 보았다.

밤이 되어서야 울음이 잔잔해지나 했더니

새벽에 조용히 하늘나라로 떠났다.

급작스런 일에 황망하여 마음이 오락가락 꿈인가 했다.

날이 밝아오면

온 가족이 모여 애기의 마지막 가는 길을 함께하겠지만

혹여 청력은 아직 살아있는 것이 아닐까 하는 생각에

그토록 좋아하던 누나의 목소리를 들려주려고

새벽 4시경에 전화연락을 했다.

미처 감지 못한 애기의 눈을 감겨주며

누나와의 이별을 위해 전화기를 애기의 귀에 대주었다.

전화기 너머로 흐느끼며 마지막 이별을 하고 있는

딸의 목소리에 우리는 다 같이 울었다.

며칠의 헤어짐이 상처가 되어 우리 곁을 떠났다는 자책감에
멍하니 천장만 쳐다보며 아무것도, 그 어떤 것도 할 수 없었다.
촉 촉 촉
어디선가 애기의 발자국소리가 들리는 것 같아
번연히 알면서도 방문마다 열어 애기를 찾고는 하였다.
마음으로 이별을 준비하고 있었다면 그나마 슬픔이 덜했을까?
무엇이 급해서 그리 바쁘게 갔을까?
애기와의 인연은
만남도 어느 날 갑자기더니 이별도 마찬가지였다.
어떤 이는
강아지와 사별을 유난히 길게 슬퍼한다 했지만
내게 그 아픔은 말로 표현 할길이 없다.
가족으로 부대끼며 산 세월이 있는데
비록 말 못하는 강아지라한들 사람과의 이별과 무엇이 다르랴…
지금도 애기 생각을 할 때면 가슴이 먹먹하고 눈앞이 뿌예진다.

애기야!

그곳에서도 잘 뛰어놀고 있지?

친구들은 많이 사귀었어?

친구들에게 까칠하게 굴지 말고 정겨웁게 지내야 한다.

즐겁고 행복하게 지내고

가끔은 엄마 생각하며 내려다보면 좋겠다.

우리 다음에도 가족으로 만나자.

보고 싶고 그리운 너를 생각하며

엄마가

글쓴이 **고진미**

다윤이와 시윤이의 외할머니로써 두 손녀의 성장과정을 통해 일어나는 여러 재미있는 사건들을 동화속에 담고 있습니다. 아이들의 맑은 심성과 꿈을 동화를 통해 이야기하고 싶어 하며, 주변의 사소한 여러 사물에 대해 그들이 갖고 있는 소소한 여러 재미있는 이야기들을 모으고 있습니다.

그린이 **권세혁**

좋은 글을 그림으로 표현하는 작업을 하고 있습니다. 광고와 책에 들어가는 그림도 그리고, 가끔 멋진 글씨쓰기와 그림을 움직이게 하는 애니메이션작업도 합니다.

행복을 물고 온 강아지 2

글쓴이 고진미
그린이 권세혁

펴낸곳 마인드큐브
펴낸이 이상용
디자인 SNAcomm.(서경아, 남선미, 서보성)
출판등록 제2018-0000063호
이메일 viewpoint300@naver.com
전화 031-945-8046
팩스 031-945-8047

초판 1쇄 발행일 2022년 5월 10일
ISBN 979-11-88434-59-6 (03810)